U0111313

親子共讀故事

小紅雞

嚴吳嬋霞 編著

kikiwong 繪圖

新雅文化事業有限公司

www.sunya.com.hk

親子共讀故事

小紅雞

編　　著：嚴吳嬋霞
繪　　圖：kikiwong
責任編輯：甄艷慈、周詩韻
美術設計：何宙樺
出　　版：新雅文化事業有限公司
　　　　　香港英皇道 499 號北角工業大廈 18 樓
　　　　　電話：(852) 2138 7998
　　　　　傳真：(852) 2597 4003
　　　　　網址：http://www.sunya.com.hk
　　　　　電郵：marketing@sunya.com.hk
發　　行：香港聯合書刊物流有限公司
　　　　　香港新界大埔汀麗路 36 號中華商務印刷大廈 3 字樓
　　　　　電話：(852) 2150 2100
　　　　　傳真：(852) 2407 3062
　　　　　電郵：info@suplogistics.com.hk
印　　刷：中華商務彩色印刷有限公司
　　　　　香港新界大埔汀麗路 36 號
版　　次：二〇一五年七月二版
　　　　　10 9 8 7 6 5 4 3 2 1

版權所有 ● 不准翻印

ISBN: 978-962-08-6353-0
© 2000, 2015 Sun Ya Publications (HK) Ltd.
18/F, North Point Industrial Building, 499 King's Road, Hong Kong
Published and printed in Hong Kong.

家長學堂

早期閱讀的重要

1. 孩子越早閱讀，求知慾就越旺盛，他們會渴望讀得更好。

2. 閱讀能有效地提高孩子的語文能力，尤其對閱讀理解和寫作能力有莫大裨益。

3. 閱讀令孩子可以涉獵多方面的知識，讓孩子跳出學校課程的限制，有助孩子發展多元智能，擴闊視野。

4. 書中世界廣闊無邊，充滿想像，多閱讀可刺激思考，激發想像，誘發創意。

5. 孩子能從書中學習別人的處事方式，從別人的成敗得失中吸取經驗，讓孩子更懂得應付生活中遇到的各種問題。

6. 閱讀是最重要的學習技能，使孩子自信、獨立，是終身學習的鑰匙。

7. 閱讀使孩子善於表達及善於與人溝通，不論是口語或書寫。

8. 在資訊科技發展一日千里的今天，孩子更需盡早掌握文字技巧，才能在網上遨翔，駕馭資訊。

家長學堂

叢書特色及使用方法

1. 供大人給幼兒講故事及朗讀用。
2. 文字較多，篇幅較長，故事內容較豐富。
3. 當孩子認識的文字逐漸增多，掌握了右頁的文字後，便可讓孩子自己閱讀左頁的文字。

xiǎo hóng jī wèn
小 紅 雞 問：

「shéi yuàn yì bāng máng zhòng mài zi
誰 願 意 幫 忙 種 麥 子 ？」

zhū niú māo dōu bú yuàn yì
豬 、 牛 、 貓 都 不 願 意。

zhū shuō wǒ yào shuì jiào
豬 說：「我 要 睡 覺。」

niú shuō wǒ yào chī cǎo
牛 說：「我 要 吃 草。」

māo shuō wǒ yào zhuō lǎo shǔ
貓 說：「我 要 捉 老 鼠。」

10

彩色插圖，富有童趣。
家長指導孩子看圖畫，
幫助孩子明白故事內容。

我會讀

zhū　niú　　māo dōu bú yuàn yì
豬、牛、貓都不願意
bāng máng zhòng mài zi
幫忙種麥子。

11

我會讀

1. 供幼兒認字、朗讀用。
2. 文字簡短，字體特別大。
3. 三歲以下的幼兒專注力較
　弱，故事不能太長，須一
　次性講完，家長可選擇右
　頁較短的文字講故事。

書中重複的句式和文字，
使幼兒容易認字和記憶。

親子共讀的技巧

1. 父母朗讀故事時，一邊讀一邊用手指着每一個字，將字一字一字的指出來讀給孩子聽，使孩子明白文字和故事是有關係和有意義的。

2. 父母指着文字，由孩子嘗試自己朗讀。如果孩子不會讀某一個字或詞，父母就指着圖畫給予提示。

3. 與孩子用問答形式討論書中的故事情節、人物或主題，例如：大豬用什麼蓋房子？百合花為什麼讓白蝴蝶進來避雨？

4. 要很有耐心，對孩子要多作鼓勵及多給予讚語。

5. 如果為孩子多次重複講述或朗讀同一本故事書，孩子會較快學會自己講述或朗讀故事。

故事的延伸活動

1. 孩子自己講故事。

2. 父母與子女一起朗讀故事，輪流朗讀或講故事。例如：爸媽講述或朗讀左頁，孩子講述或朗讀右頁。

3. 父母和子女分別扮演故事中不同的角色。

4. 改編成小劇本，一家人齊齊參與。

使用二維碼 (QR Code) 聆聽錄音的方法

1. 在智能手機或平板電腦等設備下載可掃描二維碼的應用程式。

2. 在連接網路的狀態下開啟此應用程式。

3. 對準下面的二維碼掃描,便可直接收聽故事錄音。

   (注意:如使用流動網路掃描二維碼收聽錄音,會增加流動
   數據的流量,可能產生額外收費。)

6353_001	6353_002	6353_003	6353_004

粵語版 我會讀	粵語版 親子共讀	普通話版 我會讀	普通話版 親子共讀

4. 你也可在新雅網頁下載錄音,下載網址為:

   http://e.sunya.com.hk/download

yǒu yì tiān yì zhī xiǎo hóng jī zài dì shang
有一天，一隻小紅雞在地上
shí dào yì kē mài suì tā qǐng qiú tā de
拾到一棵麥穗，她請求她的
sān ge péng you bāng máng zhòng mài zi
三個朋友幫忙種麥子。

 我會讀

xiǎo hóng jī shí dào yì kē mài suì
小紅雞拾到一棵麥穗，
tā yào zhòng mài zi
她要種麥子。

xiǎo hóng jī wèn
小紅雞問：

shéi yuàn yì bāng máng zhòng mài zi
「誰願意幫忙種麥子？」

zhū niú māo dōu bú yuàn yì
豬、牛、貓都不願意。

zhū shuō wǒ yào shuì jiào
豬說：「我要睡覺。」

niú shuō wǒ yào chī cǎo
牛說：「我要吃草。」

māo shuō wǒ yào zhuō lǎo shǔ
貓說：「我要捉老鼠。」

 我會讀

zhū　　　　niú　　　　māo　dōu　bú　yuàn　yì
豬、牛、貓都不願意

bāng　máng zhòng mài　zi
幫忙種麥子。

親子共讀

<ruby>小<rt>xiǎo</rt></ruby><ruby>紅<rt>hóng</rt></ruby><ruby>雞<rt>jī</rt></ruby><ruby>說<rt>shuō</rt></ruby>：
「<ruby>既<rt>jì</rt></ruby><ruby>然<rt>rán</rt></ruby><ruby>你<rt>nǐ</rt></ruby><ruby>們<rt>men</rt></ruby><ruby>都<rt>dōu</rt></ruby><ruby>不<rt>bú</rt></ruby><ruby>願<rt>yuàn</rt></ruby><ruby>意<rt>yì</rt></ruby><ruby>幫<rt>bāng</rt></ruby><ruby>忙<rt>máng</rt></ruby>，
<ruby>那<rt>nà</rt></ruby><ruby>我<rt>wǒ</rt></ruby><ruby>只<rt>zhǐ</rt></ruby><ruby>好<rt>hǎo</rt></ruby><ruby>自<rt>zì</rt></ruby><ruby>己<rt>jǐ</rt></ruby><ruby>種<rt>zhòng</rt></ruby><ruby>麥<rt>mài</rt></ruby><ruby>子<rt>zi</rt></ruby><ruby>了<rt>le</rt></ruby>！」

 我會讀

xiǎo hóng jī zhǐ hǎo zì jǐ zhòng mài zi
小紅雞只好自己種麥子。

親子共讀

<ruby>麥<rt>mài</rt></ruby><ruby>子<rt>zi</rt></ruby><ruby>漸<rt>jiàn</rt></ruby><ruby>漸<rt>jiàn</rt></ruby><ruby>長<rt>zhǎng</rt></ruby><ruby>大<rt>dà</rt></ruby><ruby>成<rt>chéng</rt></ruby><ruby>熟<rt>shú</rt></ruby>，

<ruby>變<rt>biàn</rt></ruby><ruby>成<rt>chéng</rt></ruby><ruby>金<rt>jīn</rt></ruby><ruby>黃<rt>huáng</rt></ruby><ruby>色<rt>sè</rt></ruby>。

<ruby>小<rt>xiǎo</rt></ruby><ruby>紅<rt>hóng</rt></ruby><ruby>雞<rt>jī</rt></ruby><ruby>很<rt>hěn</rt></ruby><ruby>是<rt>shì</rt></ruby><ruby>高<rt>gāo</rt></ruby><ruby>興<rt>xìng</rt></ruby>，

<ruby>她<rt>tā</rt></ruby><ruby>請<rt>qǐng</rt></ruby><ruby>求<rt>qiú</rt></ruby><ruby>她<rt>tā</rt></ruby><ruby>的<rt>de</rt></ruby><ruby>三<rt>sān</rt></ruby><ruby>個<rt>ge</rt></ruby><ruby>朋<rt>péng</rt></ruby><ruby>友<rt>you</rt></ruby>

<ruby>幫<rt>bāng</rt></ruby><ruby>忙<rt>máng</rt></ruby><ruby>收<rt>shōu</rt></ruby><ruby>割<rt>gē</rt></ruby><ruby>麥<rt>mài</rt></ruby><ruby>子<rt>zi</rt></ruby>。

 我會讀

mài zi chéng shú le xiǎo hóng jī
麥子成熟了，小紅雞
yào shōu gē mài zi
要收割麥子。

小紅雞問：

「誰願意幫忙割麥子？」

豬、牛、貓都不願意。

豬說：「我要睡覺。」

牛說：「我要吃草。」

貓說：「我要捉老鼠。」

zhū　　niú　　　māo dōu bú yuàn yì
豬、牛、貓都不願意

bāng máng gē mài zi
幫忙割麥子。

xiǎo hóng jī shuō
小 紅 雞 說：
jì rán nǐ men dōu bú yuàn yì bāng máng
「既 然 你 們 都 不 願 意 幫 忙，
nà wǒ zhǐ hǎo zì jǐ gē mài zi le
那 我 只 好 自 己 割 麥 子 了！」

 我會讀

xiǎo hóng jī zhǐ hǎo zì jǐ gē mài zi
小紅雞只好自己割麥子。

親子共讀

小紅雞把麥子割下來，
把麥粒打出來，
她要把麥粒磨成麵粉。
小紅雞請求她的三個朋友
幫忙磨麵粉。

 我會讀

xiǎo hóng jǐ yào bǎ mài lì mó chéng
小紅雞要把麥粒磨成

miàn fěn
麵粉。

親子共讀

xiǎo hóng jī wèn
小 紅 雞 問 ：

shéi yuàn yì bāng máng mó miàn fěn
「 誰 願 意 幫 忙 磨 麵 粉 ？」

zhū niú māo dōu bú yuàn yì
豬 、 牛 、 貓 都 不 願 意 。

zhū shuō wǒ yào shuì jiào
豬 說 ：「 我 要 睡 覺 。」

niú shuō wǒ yào chī cǎo
牛 說 ：「 我 要 吃 草 。」

māo shuō wǒ yào zhuō lǎo shǔ
貓 說 ：「 我 要 捉 老 鼠 。」

 我會讀

zhū　　niú　　　māo dōu bú yuàn yì
豬、牛、貓都不願意

bāng máng mó miàn fěn
幫忙磨麵粉。

xiǎo hóng jǐ shuō
小紅雞説：

jì rán nǐ men dōu bú yuàn yì bāng máng
「既然你們都不願意幫忙，

nà wǒ zhǐ hǎo zì jǐ mó miàn fěn le
那我只好自己磨麵粉了！」

xiǎo hóng jǐ zhǐ hǎo zì jǐ mó miàn fěn
小紅雞只好自己磨麵粉。

親子共讀

xiǎo hóng jī bǎ miàn fěn mó hǎo le
小紅雞把麵粉磨好了，
tā yào yòng miàn fěn zuò miàn bāo
她要用麵粉做麵包。
xiǎo hóng jī qǐng qiú tā de sān ge péng you
小紅雞請求她的三個朋友
bāng máng zuò miàn bāo
幫忙做麵包。

 我會讀

xiǎo hóng jī yào yòng miàn fěn zuò miàn bāo
小紅雞要用麵粉做麵包。

xiǎo hóng jī wèn
小紅雞問：

shéi yuàn yì bāng máng zuò miàn bāo
「誰願意幫忙做麵包？」

zhū niú māo dōu bú yuàn yì
豬、牛、貓都不願意。

zhū shuō wǒ yào shuì jiào
豬說：「我要睡覺。」

niú shuō wǒ yào chī cǎo
牛說：「我要吃草。」

māo shuō wǒ yào zhuō lǎo shǔ
貓說：「我要捉老鼠。」

我會讀

zhū　　niú　　māo dōu bú yuàn yì
豬、牛、貓都不願意
bāng máng zuò miàn bāo
幫忙做麵包。

xiǎo hóng jī shuō
小　紅　雞　說：

jì rán nǐ men dōu bú yuàn yì bāng máng
「既　然　你　們　都　不　願　意　幫　忙，

nà wǒ zhǐ hǎo zì jǐ zuò miàn bāo le
那　我　只　好　自　己　做　麵　包　了！」

 我會讀

xiǎo hóng jǐ zhǐ hǎo zì jǐ zuò miàn bāo
小紅雞只好自己做麵包。

<ruby>麵<rt>miàn</rt></ruby><ruby>包<rt>bāo</rt></ruby><ruby>做<rt>zuò</rt></ruby><ruby>好<rt>hǎo</rt></ruby><ruby>了<rt>le</rt></ruby>，<ruby>味<rt>wèi</rt></ruby><ruby>道<rt>dào</rt></ruby><ruby>很<rt>hěn</rt></ruby><ruby>香<rt>xiāng</rt></ruby><ruby>啊<rt>a</rt></ruby>。

<ruby>小<rt>xiǎo</rt></ruby><ruby>紅<rt>hóng</rt></ruby><ruby>雞<rt>jī</rt></ruby><ruby>問<rt>wèn</rt></ruby><ruby>她<rt>tā</rt></ruby><ruby>的<rt>de</rt></ruby><ruby>三<rt>sān</rt></ruby><ruby>個<rt>gè</rt></ruby><ruby>朋<rt>péng</rt></ruby><ruby>友<rt>you</rt></ruby>：

「<ruby>誰<rt>shéi</rt></ruby><ruby>願<rt>yuàn</rt></ruby><ruby>意<rt>yì</rt></ruby><ruby>幫<rt>bāng</rt></ruby><ruby>忙<rt>máng</rt></ruby><ruby>吃<rt>chī</rt></ruby><ruby>這<rt>zhè</rt></ruby><ruby>美<rt>měi</rt></ruby><ruby>味<rt>wèi</rt></ruby><ruby>的<rt>de</rt></ruby>

<ruby>麵<rt>miàn</rt></ruby><ruby>包<rt>bāo</rt></ruby><ruby>呢<rt>ne</rt></ruby>？」

<ruby>豬<rt>zhū</rt></ruby>、<ruby>牛<rt>niú</rt></ruby>、<ruby>貓<rt>māo</rt></ruby><ruby>都<rt>dōu</rt></ruby><ruby>願<rt>yuàn</rt></ruby><ruby>意<rt>yì</rt></ruby>。

<ruby>豬<rt>zhū</rt></ruby><ruby>說<rt>shuō</rt></ruby>：「<ruby>我<rt>wǒ</rt></ruby><ruby>願<rt>yuàn</rt></ruby><ruby>意<rt>yì</rt></ruby>！」

<ruby>牛<rt>niú</rt></ruby><ruby>說<rt>shuō</rt></ruby>：「<ruby>我<rt>wǒ</rt></ruby><ruby>願<rt>yuàn</rt></ruby><ruby>意<rt>yì</rt></ruby>！」

<ruby>貓<rt>māo</rt></ruby><ruby>說<rt>shuō</rt></ruby>：「<ruby>我<rt>wǒ</rt></ruby><ruby>願<rt>yuàn</rt></ruby><ruby>意<rt>yì</rt></ruby>！」

<ruby>麵<rt>miàn</rt></ruby><ruby>包<rt>bāo</rt></ruby><ruby>做<rt>zuò</rt></ruby><ruby>好<rt>hǎo</rt></ruby><ruby>了<rt>le</rt></ruby>，<ruby>豬<rt>zhū</rt></ruby>、<ruby>牛<rt>niú</rt></ruby>、
<ruby>貓<rt>māo</rt></ruby><ruby>都<rt>dōu</rt></ruby><ruby>願<rt>yuàn</rt></ruby><ruby>意<rt>yì</rt></ruby><ruby>幫<rt>bāng</rt></ruby><ruby>忙<rt>máng</rt></ruby><ruby>吃<rt>chī</rt></ruby><ruby>麵<rt>miàn</rt></ruby><ruby>包<rt>bāo</rt></ruby>。

小紅雞說：「不，不，不，
你們不願意幫忙幹活，我也
不願意和你們一起吃這美味
的麵包！」

xiǎo hóng jī bú yuàn yì hé zhū niú
小紅雞不願意和豬、牛、

māo fēn xiǎng měi wèi de miàn bāo
貓分享美味的麵包。

 親子共讀

xiāng pēn pēn de miàn bāo zhēn měi wèi
香噴噴的麵包真美味，
xiǎo hóng jī yì kǒu yì kǒu de bǎ miàn bāo
小紅雞一口一口地把麵包
chī ge jīng guāng
吃個精光。

 我會讀

xiǎo hóng jī zì jǐ bǎ miàn bāo
小紅雞自己把麵包

chī wán le
吃完了。

1. 小朋友，聽完故事，我們一起來複習一下故事中出現的
   詞語吧！

朋友　願意　幫忙　高興

麵包　味道　美味　分享

2. 爸媽可以用上面的詞語，參考下面的例子，和孩子玩詞
   語學習遊戲，幫助孩子擴充詞彙。

舉出同義詞或反義詞

傷心……　←　高興　→　快樂……

（反義詞）　　　　　　　　　（同義詞）

豬、牛、貓不肯幫小紅雞的忙，因為他們要做什麼呢？
請用線把正確答案連起來。

答案：

小紅雞、豬、牛、貓一起住在農場裏。小朋友,仔細看看下面兩幅圖有何不同,請在第 2 幅圖上把不同的地方圈起來吧!(小提示:一共有 7 個不同的地方。)

1.

2.

答案：

作者簡介

　　嚴吳嬋霞（嚴愛蓮），香港兒童文學作家，曾任職新雅文化事業有限公司及山邊出版社有限公司董事總經理兼總編輯（1995-2004 年）。在香港土生土長，羅富國教育學院畢業後，當了五年中學語文教師。上世紀 70 年代遊學英美，修讀兒童文學與圖書館學，1981 年與何紫等共同創立了香港兒童文藝協會，並擔任第三及第四屆會長（1985-1989 年）。她把國際視野帶進香港兒童文學，在《讀者良友》撰寫外國兒童文學的推介文章；並透過兒童文藝協會的活動，推動講故事藝術及親子閱讀。曾被香港貿易發展局邀請擔任香港書展「兒童天地」籌委會主席，致力推動香港兒童出版事業及青少年兒童閱讀，成績斐然。

　　嚴吳嬋霞多年不斷為香港的小讀者創作及翻譯兒童文學作品，多次獲得中港重要的文學獎項，《姓鄧的樹》1987 年獲得兒童文學巨匠陳伯吹先生創設的「兒童文學園丁獎」之「優秀作品」獎，這是第一次由香港人獲得此獎項。之後多次獲「冰心兒童圖書獎」。